SHARK

샤크

SHARK

Story 운雲 × 김우섭 Art

1

Mexican Orca VS Wibeomenswi

WFF

WFF 서울투어!
웰터급 월드 챔피언
"정도현"
7차 방어전

장소 : 서울 올림픽 체조 경기장 / 날짜 : 2016.03.01 PM 06:00

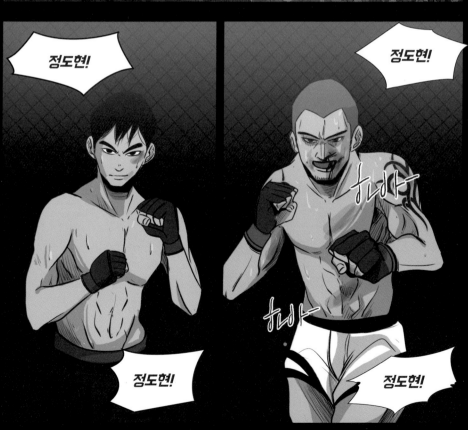

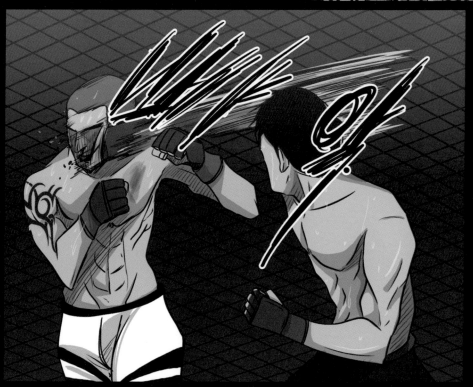

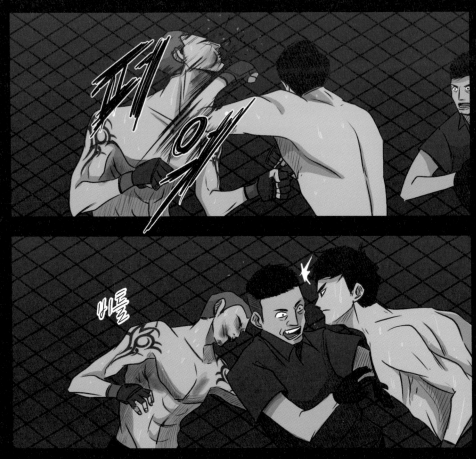

아! 여기서 주심이
시합을 중단시킵니다!!

사인하슈.

시작

…자고 있겠지?

빽 빽

불이 켜져있네…

뭐야~ 정 여사.
안 자고 기다린 거…

움찔

집에?

새벽에나 들어갈 거 같은데?

뭐야?
집주인이냐?

운도 지지리 없는 놈.

기다리지 말고 그냥 자.
문단속 잘하고.

조금만 늦게 들어오지.

19

3년 후

내 이름은 차우솔.

일주일 전에 입학한
고등학생이다.

끼리익

삐이익

청소년입니다.

새 학교는 버스로 한 시간 이상이나 걸린다.

다음 소식입니다.

3년 전 자신의 집에 침입한 무장 강도 네 명을 살해한 혐의로 구속된 전 종합 격투기 세계 챔피언 정도현이 대법원에 상고를 신청했습니다. 검찰은…

만원 버스에 아침부터 벌써 지친다.

이놈들아, 꾸물대지 말고
뛰어! 지각까지 20초 남았다!

아… 학주다….

지각하는 놈은
운동장 열 바퀴다!

허억… 허억…

나름 일찍 준비하고
나온다고는 하는데…

매번 지각 위기를 겪는다…

빨리 빨리 다녀.

학교가 멀어 매일 아침 이 난리지만
난 새 학교가 굉장히 마음에 든다.

1-7

왜냐면…

떡자

지껄

…이곳엔 나를 아는 사람이
거의 없기 때문이다.

안녕?

윤지희(17)
—우솔이 소꿉친구

오늘도 아슬아슬하게
세이프네?

여기, 지희를 제외하곤.

28

아, 워낙에 집이 머니까.

지희는 초등학교 6년 내내 붙어 다녔던 소꿉친구다.

매일매일 힘들겠다.

각자 다른 중학교에 입학할 땐 많이 아쉬웠지만 지금 생각해보면 참 다행이다.

그 덕분에 지희가 내 중학교 생활을 보지 못했으니까.

아니! 하나도
안 힘들어. 진짜로!

야 야,
담임 떴다!

두다다닥!

저벅

저벅

드르륵

친하게
지낼 수 있도록.

인사해야지?

배석찬입니다.

철_컹

사실 먼 학교로
전학 오게 돼서
좀 걱정했는데…

힐끔

다행히…

익숙한 얼굴도 눈에 띄네요.

훔칫!

…어째서 저 인간이 내 앞에?

…함께 좋은 추억 많이 만들어나갔으면 좋겠습니다. 잘 부탁드립니다.

피식

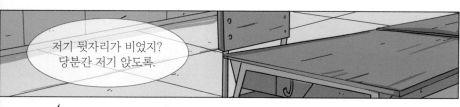

저기 뒷자리가 비었지? 당분간 저기 앉도록.

뚜벅
뚜벅
뚜벅
뚜벅

안 온 사람 없지?

펄썩

1교시 시작할 때까지 자습들 하고 있어. 떠들지 말고.

1-7

드르륵

쿵!

야, 전학생!

너 좀 튄다?

씨익

36

그래…

한 명쯤은
나서줘야지.

그래야…

본보기로 삼거든.

헐썩!

툭 툭

알다시피 난 권투부다.
고로 오후 수업은
항상 열외지.

그러니까 시발 것들아!

좆같고 드러워도 오전만 참고 공부 졸라 열심히 하라고.

그리고…

차우솔, 졸라 반갑다.

우솔아...
저 미친놈이랑
아는 사이야?

...우솔아...?

왜 그래...?

저 인간은...!!

저 인간은...!!!!

42

지난 3년간 내 인생을
갈기갈기 찢어놓은

악마다!

그때부터였다.

아버지의 사업 실패로 경제적으로
넉넉하지 못한 것만 제외하면,
성격으로나 성적으로나 별문제 없는
모범생이었던 나의 인생이…

걷잡을 수 없이
꼬이기 시작한 것은.

물론,

도움을 청해보지 않은 것은 아니다.

이제 장난은
그만할게.

…!!

차우솔,
뭐 해. 사내자식이
그딴 일로 꽁해 있고
그러는 거 아냐.

후딱 받아주고
돌아가서 수업이나 들어.

…

학생 출입금지

철컥

거지 새끼야.

날 구해줄 사람은
학교에 없다.

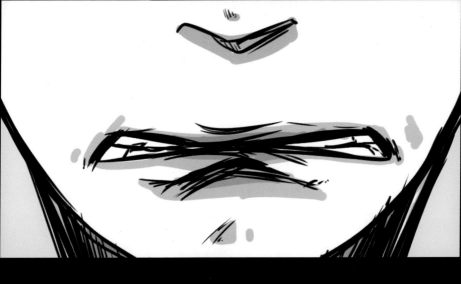

선택의 여지가 없었다.

녀석은 죽음보다도
두려웠다.

…그냥…

성적이 자꾸
떨어져서…

그래서 난 녀석을 피해
죽음 쪽으로 달아나려
했던 것이다.

그랬다간 그런 짓은 해!

씨익

그날의 사건은

죄송해요…

지역신문에 '성적 비관 중학생 자살 기도'
라는 제목으로 짧게 소개되는
선에서 마무리됐고,

녀석의 괴롭힘은
더욱 심해졌다.

그날 이후 난
공부에 몰두했다.

그 지옥에서 벗어날 방법은,

아무도 나를 모르는 곳에서
새 출발을 하는 것뿐이었다.

차우솔, 졸라 반갑다.
잘 지냈냐?

…끝이 아니다.

우리가 인연은
인연인가 봐.

생글 생글

새끼, 멍 때리긴.

하긴, 나도
좀 놀라긴 했다.

앞으로도 3년 더 자알
부탁한다. 크크크!

눈깔!

3년 더?

하! 끝까지 쌩까네?

안 돼!!

정신 차려.
나 배석찬이야,
배석찬!

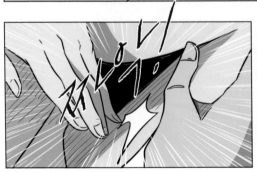

근데 그거 말해줬나?

나는…

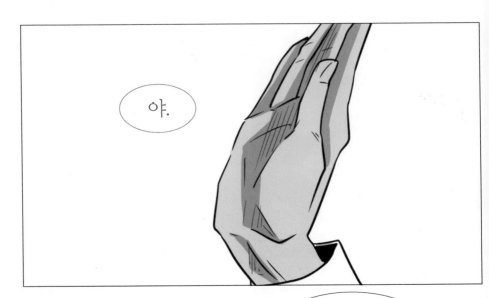

왜? 열 받으면 갑자기 세져서
나 같은 거 개 바를 거 같았냐?

막 네 안에 거대한 힘이
숨겨져 있을 거 같았어?

응?
그랬어?

꿈 깨, 새끼야.

악마.

…녀석은 악마다.

저번에 그었던 손목이
왼쪽이었던가?

좋아,
그럼 올해 목표는…

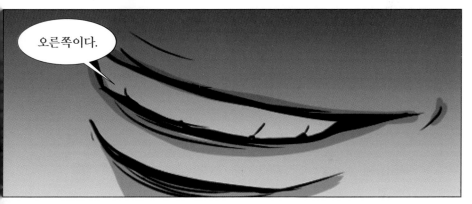

오른쪽이다.

으아아아아!!!!

오?

뚜둑

거지 새끼가
고등학생 되더니
터프해졌어~

배석찬!!!!

존나 멋있긴 한데

탓!

!!!!

주륵

먼저 죽여야 돼!

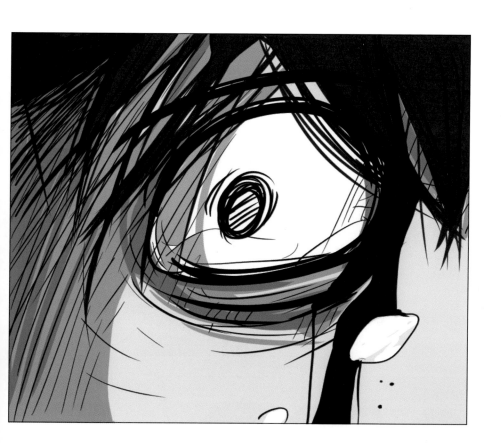

녀석이 날 죽이기 전에!!

…네.

피고인은 지난 3년간 심각한 수준의 학교 폭력에 시달려왔습니다.

바로 피해자에게 말이죠.

법원

이번 사건은 그에 대한 저항이자 자기방어 행위였다고 할 수 있습니다.

글쎄요, 사건 당일 먼저 흉기를 휘두른 것은 피고인이었고,

피해자 배석찬의 행동은 피고인의 폭행에서 벗어날 목적으로 몇 차례 밀친 것이 전부입니다.

이에 반해 피고인은 피해자를 무려 스물세차례나 찌르는 와중에 오른쪽 눈 실명이라는 영구적 상해까지 입혔습니다.

또한 피고를 말리려는 학우들에게도 흉기를 휘둘러 열아홉 차례 자상을 입혔습니다. 이건 결코 자기방어가 아닌…

…적극적 폭력행위였습니다.

…

피고인, 할 말 없습니까?

…죽이려고 했어요.

??!!

우솔아!!

...

발떡!

술렁

술렁

우솔 군.

폭행치상과 살인미수는 차원이 다른 범죄예요. 본인이 왜 불구속 재판을 받고 있는지 한번 잘 생각해봐요.

피고인. 방금 그 발언, 책임질 수 있습니까?

…사실이니까.

전원, 참빛소년교도소 맞지?

맞겠지, 뭐.

아, 그 친구는 어떻게 됐어?

…지금 버스 안에 있어.

결국 성공도 실패야? 기대는 안 했지만…

뭐 별수 있나. 법이 그런걸.

…다들 무섭게 생겼다.

저…

옆 자리
비었어요?

?!?!

…

하나 둘 셋…

고속버스냐?

총원 28명, 현재원 28명. 이상 무!

출발합시다.

이젠 정말로 마지막이구나.

피해자들이 심야에 강도의
목적으로 피고인의 집에 침입해
피고인의 가족을 해쳤다고는 하나,

다른 자구책을 완전히 배제한 채
고의로 피해자들을 살해한 것은
그 비난의 여지가 결코
적다고 할 수 없다.

또한 그 수법의 잔혹함을
고려하면 피고인에게 징역 10년의
중형을 선고한 고등법원의 판결은
부당하다 할 수 없다.

하여 본 법정은 피고인
정도현의 상고 신청을…

기각한다.

그래도 거침없이 한판
놀아봤으니… 미련은 없다.

저기요.

또 왜?

죄송한데,
고개 좀 뒤로…

창밖이 잘 안 보여서.

…

미친놈일까?

…실례했군.

고맙습니다.

재밌는 놈이네.

새로 입소한 놈들
이쪽으로 서!

이곳에서 3년간…

차우솔

어이.

뭘 어물대고 있어?
새로 입소한 놈들은
저쪽이다.

저기로 가!

살인미수?

생긴 거랑
좀 다르네.

죄송합니다.

고문석(45)
─참빛소년교도소 과장

뭐 나한테
죄송할 건 없지.

옷 갈아입혀서
적당한 대기방으로
보내.

속옷까지 완전히 탈의하고
앞에 있는 옷으로 갈아입어!

...옷색깔
구리군;

여기서 며칠간 교도소 생활 수칙을 배운 후 정식으로 방을 배치받을 거다.

들어가.

철컹!

민종태(20)
—특수폭행 5년.
현재 출소 앞둠.

...

꿀꺽

뚝, 뚝

들어와.

소장 김선

철컥!

데리고 왔습니다.

1055

김선지(52)
ー참빛소년교도소 소장

…

소식은 들었네.
대충 예상은 했지만
결국 이렇게 됐구만.

대법원 판사들도
속으로야 자네 편이겠지만
나라에는 법이란 게
있으니.

원하는 게 있으면
뭐든 말해보게. 겨우 *6개월
남짓이지만 있는 동안 최대한
편안하게 지낼 수 있도록
배려해줄 테니.

없어요. 당분간은
그냥 조용히 쉬고
싶습니다.

* 소년법 63조. 소년교도소에서 만 23세가 지난 수감자는 성인 교도소로 이감된다.

그럼 제일 깔끔한
독방을 내줄 테니 당분간
거기서 푹 쉬어.

…좋을 대로
하세요.

기운 내게. 난 자네가
잘못했다고 생각하지 않아.

나 같아도 그 꼴을 봤다면
자네와 똑같이 행동했을걸.

딱

단지…

자네가 너무
강했던 게 문제지.

…

들어가보겠습니다.
피곤하네요.

슥

아, 그래그래.
푹 쉬게. 필요한 게 있으면
언제든 말하고.

끝났나요

가요

끼익

쿠웅-

새로 온 녀석들이냐?

예, 그렇습니다!!

새끼들, 군기
잡힌 척하기는.

난 일주일 동안
너희에게 이곳의 생활을 알려줄
민종태라고 한다.

3개월 남은 빵살이
편안하게 보내려고 대기방
방장 지원했고.

...

간짝

씩

야, 노란 대가리.

깜짝

저요?!

그래, 너부터
자기소개해봐.

슈…

그 옆에.

기록부

아…!

안현민입니다! 나이는 열일곱이고 폭행으로 2년 받았습니다!

이, 이름은 차우솔이고 열일곱입니다.

살인미수로 3년 받았습니다.

흠칫!

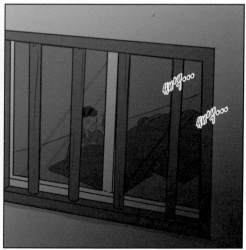

…달이 참 밝구나.

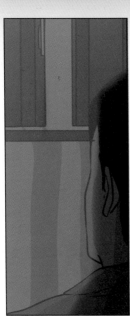

…제길…

찍··· 찍···

1사 4호실,
아침점호 인원 보고!!

총원 6! 열외 무!
번호!

하나!!

둘!!

오늘부터 본격적인
교도소 생활이다.

난··· 앞으로
어떻게 되는 걸까.

덜컹!

남기지도 말고, 더 달란 소리도 하지 마.

앞으로도 뒤로도 튀지 말고 중간에 숨는다.

0685

이게 감빵 생활의 첫 번째 교훈이다.

저기, 방장님…

?

0685

1551

밥 다 먹고 나면 뭐 하는 겁니까?

…

너, 이름이 뭐랬지?

아, 안현민입니다!

딱!

그래, 안현민이.

두 번째 교훈.

너보다 센 놈에겐 먼저
말을 걸지 않는다.

…!!

윤쩔

여기가 대기방만
아니었다면 벌써
턱주가리 날아갔어.

꿀꺽

…내가 지금 무슨
미친 짓을…

알겠냐.

옙!!

0685

몸뚱아리 성하고 싶으면
최대한 빨리 이곳 서열
문화에 적응해야 할 거다.

…서열?

서열은 심플하게
결정된다.

나이, 감빵 짬밥,
이런 거 다 소용없어.

제과제빵반

목공반

모든 작업, 교육마다
예외 없이 그 모임의 보스가
존재한다.

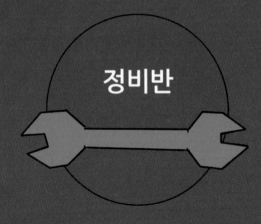

정비반

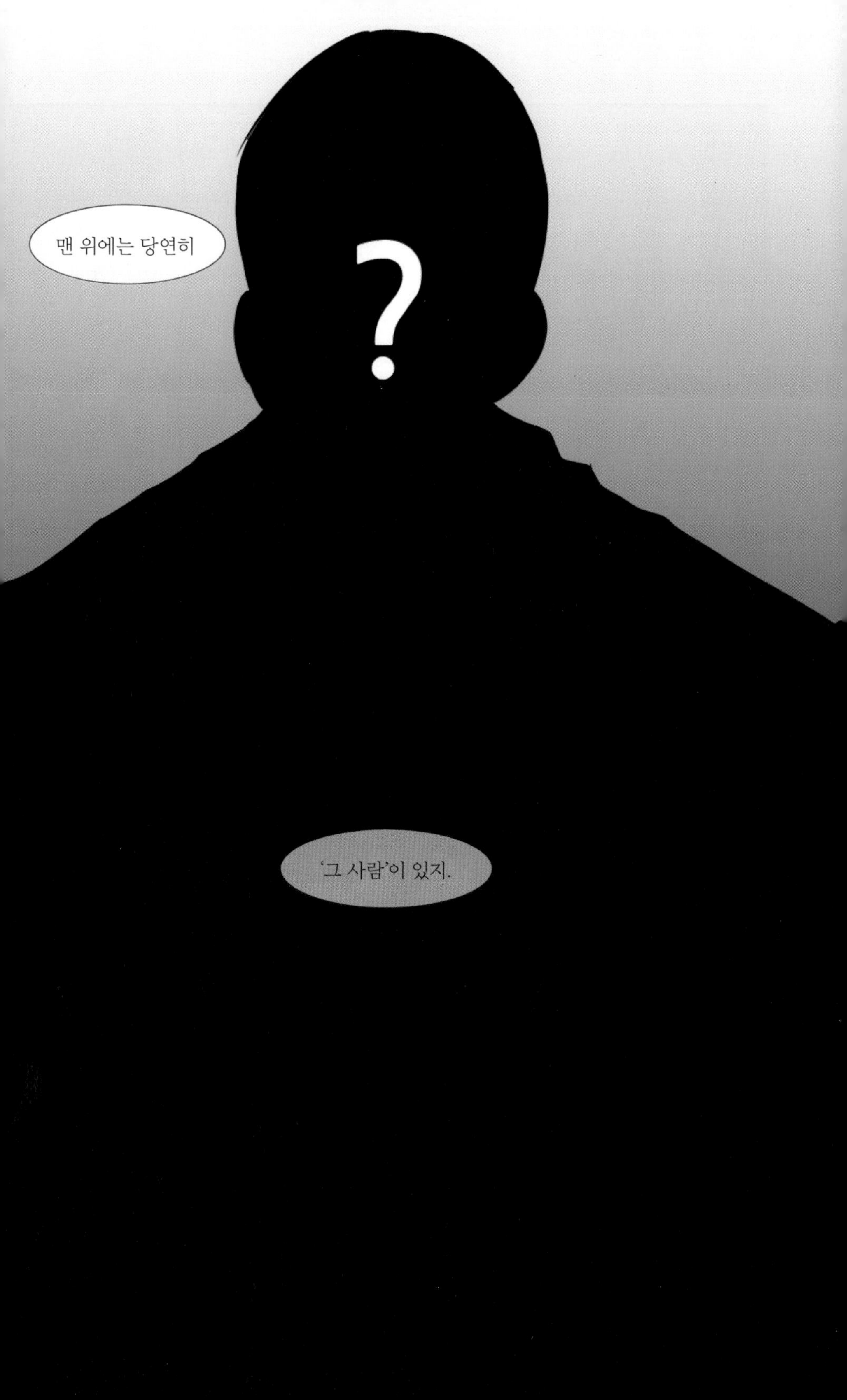
맨 위에는 당연히
'그 사람'이 있지.

그 사람? …누구냐고
물어보면 안 되겠지?

어차피 그 사람은 여기가
어떻게 돌아가든 별 관심도
없을뿐더러 조만간 성인 교도소로
떠날 사람이니까 크게
신경 쓸 필요는 없어.

여긴 전국의 꼴통, 독종, 싸움꾼이 총집합한 곳이야.

배석찬 같은 녀석이 사방에 널려 있단 소리잖아.

즉, 이곳 최고가 전국 최고란 말이다.

…밥이 안 넘어간다.

저기, 방장님… 질문 하나 드려도 되겠습니까?

말해.

그 세 사람, 아니 세 분은 어떻게 알아볼 수 있는지…

자연스럽게 알게 돼. 특히 정상협은 아, 저 사람이구나 하고 바로 알 수 있어.

??

크거든. 엄청나게.

하긴, 앞으로 한 달간은 보고 싶어도 볼 수 없겠지만 말이야.

교육 집합
5분 전입니다!!

여긴 감빵인 동시에
학교이기도 해.

오전에는 검정고시 대비
학과 수업이, 오후에는 취업 대비
직업훈련이 진행된다.

정리들 해.

…크다.

!!깔깍!

제과제빵반

비켜, 쥐새끼.

네가 꺼지는 건
어때, 곰탱아.

이원준
ㅡ목공반 보스

한성용
ㅡ제과제빵반 보스

…쳇.

씨발.

빠드득

0991

이원준과 한성용이다.
둘이 앙숙이지.

저 사람들이
3대 괴물…

정상협이 아니었어?
저렇게 큰데?

0685

1551

철컹!

징벌 7 실

어때?
지낼 만해?

…최소한 잘 때
누울 수는 있게
해줘야 하는 거
아닙니까?

정상협
—정비반 보스

그러게 징벌방에
들어갈 짓을 왜 해?

자, 이제 다들 be동사의
단수형, 복수형
구분할 수 있겠지?

교육실 B

그럼 매우 간단한 문제
하나만 풀어볼까?

아함~

1551

1552

푸욱

1552

There is ton of work to do.
누가 이 문장을 올바르게
수정해볼까?

...
뭐, 늘 그랬듯
아무도 없구나.

145

자, 어떻게
푸는 거냐면…

단수형 is 대신 복수형
are가 나와야 합니다.

그렇지!
단수형 is 대신…

응?

그리고 거기에
맞춰서 뒷부분도 다듬어주면
"There are tons of work to do."
입니다.

?

?

교육실 B

너 병신이구나?

…무슨 말씀이신지?

첫 번째 교훈.

0685

'앞으로도 뒤로도 튀지 말고 중간에 숨는다. 이게 깜빵 생활의 첫 번째 교훈이다.'

서, 선생님 질문에 대답하는 것도 잘못입니까?

물론 잘못은 아니지. 다만 그 순간 그 자리에 있던 수많은 놈들이 안 그래도 존나게 따분한데 "저 샌님이나 가지고 놀아야겠다"라는 생각을 했을 거란 것만 알아둬.

각오해. 앞으로 힘들어질 거다.

…!!!!

149

아흔여덟.

아흔아홉…

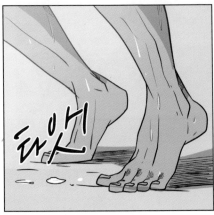

백.

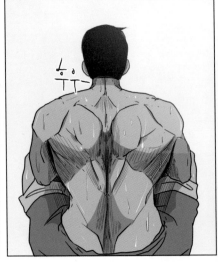

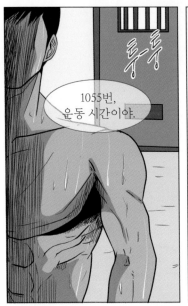

매일 점심 식사 후
한 시간씩은 운동 시간이다.

하루 중 유일하게
누릴 수 있는 자유 시간이니까
소중히 여기도록.

저기, 우리도 축구
하면 안 됩니까?!

…보통 신입 한 조를 받으면 꼭 병신이 한 명은 섞여 있기 마련이야.

…그런데.

왜 이번엔 두 명이나 섞여 왔을까?

…하하…

또 무슨 실수를…

…!

누구요?

축구가 하고 싶으면 네가 쟤들한테 나 해야 되니까 꺼지라고 하면 되겠네.

화들짝!

컥!

제과제빵,
한성용.

목공반,
이원준.

괜히 쟤들 눈에 띄어서
좆 되지 말고 알아서
조용히 찌그러져
있는 게 좋을 거다.

가볍게 뛸 놈들은
따라와.

응?

...

다시 한 번 말하지만
지는 놈이 한 달간
축구장 사용 금지다.

형!

나중에 딴소리나
하지 마라.

꼬오오오~

삐—형

시합 시작합니다!

우와아아

꿀꺽

...역시

빠ㅏ억!

이곳은 무서워.

퍼억!

어이!

툭

?!

아, 안녕하세요.

안녕하세요는 무슨.
보니까 나이도
동갑이더구만.

우리끼리
있을 때만이라도 편하게
지내자고. 이놈이고 저놈이고
살벌해 죽겠는데.

아, 응.
고마워.

털썩

새끼. 계집애
같기는.

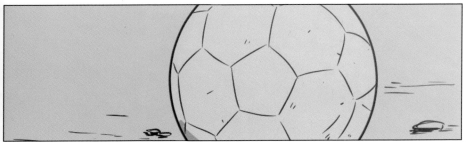

아, 안녕하십니까!
안현민이라고 합니다!

두 분께서 불러주셔서
무한한 영광…

됐고.

우리가 지금 중요한
시합 중인데.

의야

쿠욱

보다시피 두 놈이
망가졌거든.

…그런 것 같네요

너희가 대신 뛰어.

꿀꺽

예?!

깜짝!

좆 됐다!

넌 우리 편, 네놈은 저쪽.

아… 저…

저는 축구
잘 못하는데…

그러고 보니
아까 그놈이네.
대기방 우등생.

160

…역시…

야.

1552

저딴 덩치한테
쫄지 말고 잘 들어.

！

뻐억

1552

딱 봐도 찐따 같으니까
많은 거 안 바란다.

발바닥 땀나게
뛰어다니다가

공이 보이면
앞으로 멀리 차서
걷어내기만 해.

예…

좋아!

자 자, 시간 별로 없다.
바로 시작해!!

오늘 목공 노가다
새끼들 제대로
밟아버린다!

짜저그렁

짜저그렁

…역시

시합 재시작
합니다!

빠ㅓ─엉

여긴 무서워…

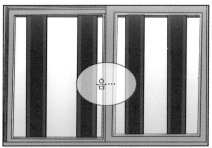

음…

근무자님!

!

무슨 일인데?

…아무래도
몇 바퀴 뛰고 오는 게
좋겠습니다.

그래야 자네답지.

쿵...

야! 씨바 막아!
막아!!

쿵쿵쿵쿵쿵～

저 곰탱이
새끼 막아!!

!

아… 저… 이건…

이런 개…새…

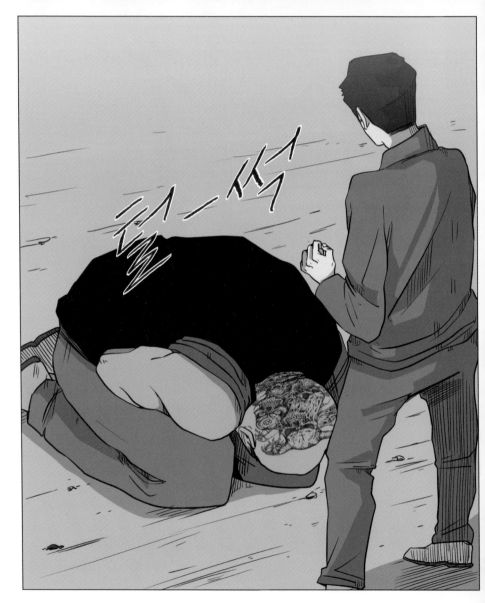

철_썩

시합 끝!
2:1로 제과제빵반
승리입니다!

우등생! 오늘 승리는
전부 네 덕이다.

형은 그런 방법
생각도 못 했는데
대단해 ㅋㅋㅋㅋ

!!

근데 저 곰탱이가
널 그냥 보내지는
않을 듯?

552

잘해봐라.

173

…끝났어. 난 어딜 가나 늘 이 모양이구나.

대박ㅋ
어랍쇼?

사내새끼ㅋ
하?! 반장님, 이 새끼 우는데요?

흥!

야.

…뭐 하냐?

저 사람,
그때 버스에서…

어? 저 녀석?
버스에 있던…

에효.

어쩐지 좀 어리바리
하더라니. 그 사이에
이 녀석들한테 찍혔나.

그, 그랬으면 뭐?

당신이 참견할 바 아니잖아!

니들 얘 때렸냐?

니들끼리 박 터지게 싸우든 말든 내 알 바 아닌데 이 상황은 아무리 봐도 싸움이 아니라 그냥 폭행 같아서 말이야.

니미. 애들 앞에서 물러날 수도 없고. 왜 하필 저 인간이 나타나가지고…!

이렇게 거대한 사람이, 이토록 많은 사람들이… 지금 단 한 명에게 압도당하고 있어!

설마…

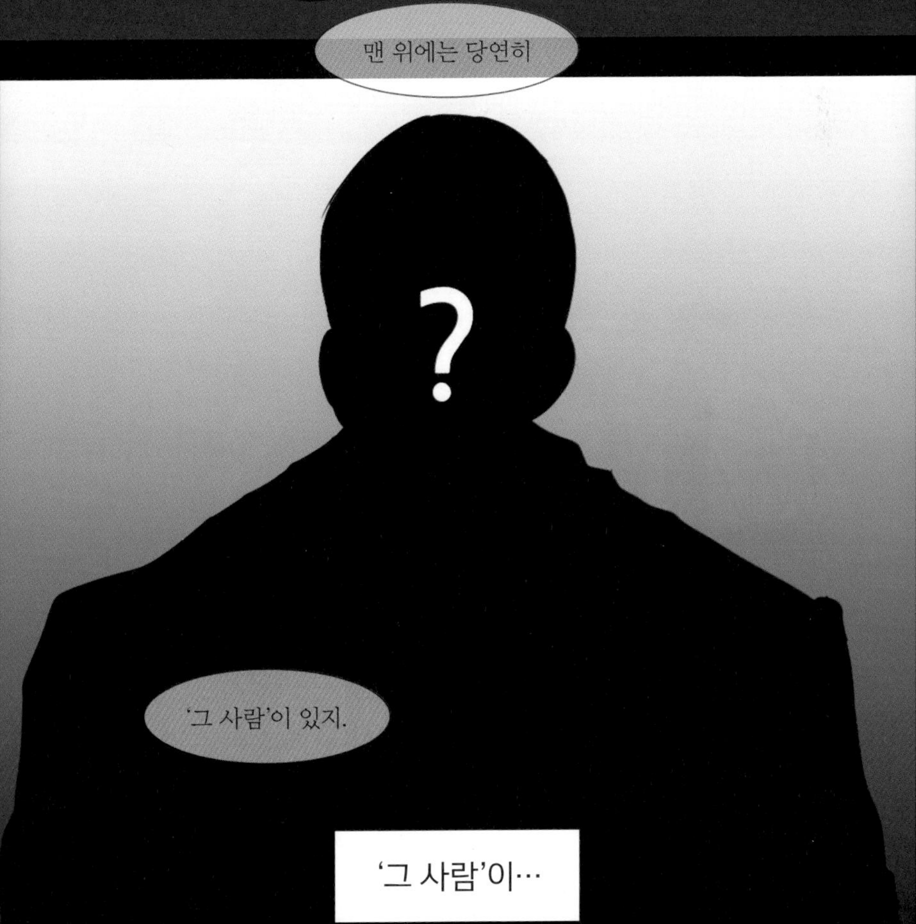
맨 위에는 당연히
'그 사람'이 있지.
'그 사람'이…

어쨌든 모양새가
별로 보기 좋진 않네.
해산들 해.

앤 내가 데리고 간다.

이 사람?!

...

끼응...

어이, 일어나.

스윽

예?

가기 싫어?

아, 아뇨...

사람 좆으로 보지 마.
당신 나하고
붙어봤어?

…하아.

밑에 애들 보는
앞에서 가오 잡고
싶은 건 알겠는데,
너무 무리하진 마라.

챔피언이면 뭐?
어차피 체급 정해놓고
조그마한 놈들끼리
붙어서 정한 거잖아.

흥성

진짜
싸우는 거야?

반장님 설마…

흥성

내가 맘만
먹으면…

꾸악

챔피언…?

…그런 소릴 할 거면
최소한 손은
떨지 말아야지.

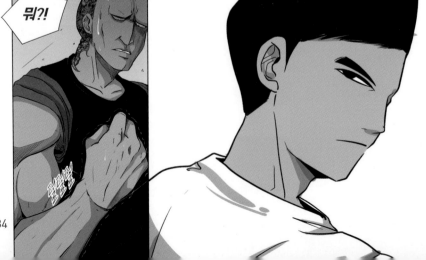

뭐?!

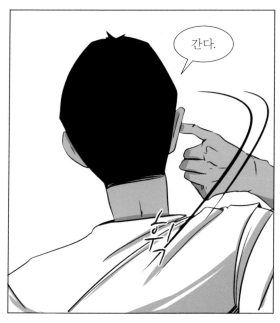

간다.

따라와.

네… 넷!

이…!!

이 새끼!!

거참.

자, 다 됐어.

!!!!

씨발!

아!! 간호사님!!

진짜 아프다고요!!

액땜하라고.
흥흥흥

나유나
ー참빛교도소 간호사

근데 너희.

진짜로 축구하다
다친 거 맞아?
또 원준이한테
맞은 거 아니고?

축구하는데
목은 왜 다쳐?

진짜라니까요.

흠… 하긴 원준이한테
맞았으면 다리에 멍 정도로
끝나진 않았겠지.

걔가 진짜 마음잡고
운동만 열심히 하면
올림픽 금메달이라도
따 올 텐데 말이야.

녀석, 진짜 황소처럼
막 들이대네.

…난감한데.

어떻게 된 거야?!
그 잘난 솜씨 좀 보자고!!

반장님이 완전히
몰아붙이는데?

챔피언이라고
해봤자 어차피
웰터급이었잖아.

헤비급 주먹에
한 방이라도 걸리면
바로 골로 가니까
저 사람도 쫄 수밖에.

역시 우리
반장님이 최고라니까.

…

이거야 원,

뭘 어떻게
할 수가 없네.

...

좋아, 구석으로
몰아넣었어!

으흠, 그거면
되겠군.

죽어라!

꾹

뚝

내가 세계
최고를,

꺾는…!!

!!!!

휘유,
큰일 낼 뻔했네.

…따귀?!

주먹을 쥐면 힘 조절이
너무 어려워서 말이야.

죽어버리면
곤란하잖아.

195

왜 갑자기…

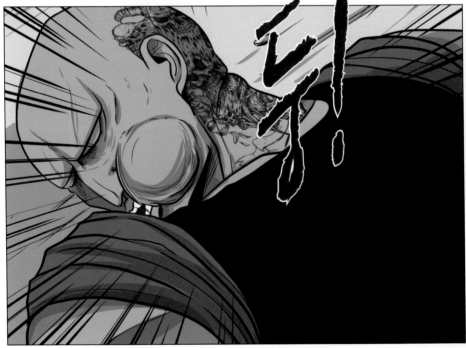

왜 갑자기 이 사람처럼
되고 싶다는 생각이 들지?

또 해보고 싶은
사람 있나?

!!

이만 가지?

반... 반장님!

주춤

무슨 일인지는 몰라도 저 녀석들하고 더 이상 엮이지 않는 게 좋을 거야.

저래 보여도 여기선 제법 영향력이 있는 놈들이거든. 나는 몰라도 너 정도는 충분히 괴롭힐 수 있어.

여기서 살아남으려면 둘 중 하나는 해야 돼.

숙이고 복종하는 법을 배우든가,

아니면 누구에게도 숙이지 않아도 될 만한 힘을 기르든가.

…저기요.

응?

…물론 넌 전자 쪽을 추천한다.

…

201

아, 정말입니다.

화장실이 급하다고 갔다니까요.

어제 처음 온 놈이 운동 시간에 혼자 화장실을 갔다? 지금 그 말을 믿으라는 거냐.

허튼수작 부리지 말고 지금이라도 솔직하게 말하는 편이 좋을 거다.

제가요? 그럴 리가요. 저 이제 곧 나갈 사람인 거 근무자님도 아시잖아요.

…그럼 왜 아직도 안 오는 건데?

그… 그건…

…살아는 있을까?

사실대로 까발릴 수도 없고. …젠장, 꼬이네.

!!

보십쇼, 저기 오잖습니까!

자네는?

저… 정도현!

화장실 갔다가 길을 못 찾고 헤매고 있는 걸 데리고 왔습니다.

203

여러분 앞에 놓인 것이 차후 정비 실습 시 다룰 시뮬레이터 엔진이다.

에어 클리너, 머플러, 냉각용 라디에이터 같은 몇몇 부속이 제외됐지만.

실제 자동차 엔진과 거의 흡사한 형태이며…

살금 살금

아까 어떻게 된 거야?

특

응?

어떻게 그 사람하고 같이 돌아왔냐고. 아까 분명…

그 사람이 갑자기
나타나서 구해줬어.

깜짝

뭐?

근데 현민아.

대애애박!

윾?

그 사람…
유명해? 많이?

…진짜 몰라서
묻는 거야?

?

…이거 이거 진짜
아무것도 모른다는 표정이네…

206

명충아!
세계 최강이잖아!

100년에 한 번
나올까 말까 하는 천재!

최연소 세계 챔피언에
전 경기 KO승.

20전 이상을 치르면서
전체 시합 시간은
한 시간이 채 안 되는 초인!!

그렇게까지 대단한
사람이었어?

부들

부들

세상에…

밖에 있을 때 TV 같은 거
전혀 안 봤냐?
대통령은 몰라도
정도현은 알아야지?!

깜짝!

깜짝!

거기!
언제까지 떠들래?!

아… 죄송합니다…

그런 사람이
왜 여기에
있는 거지?

207

대체 무슨 짓을
저지른 거야?

수고하십니다.

1552번
여기 있죠?

1552번이면
너잖아.
또 사고쳤어?

응?

아, 옛!

1552번, 따라와.

친구 면회다.

네?

올~~ 벌써부터
바로 면회라니.
엉큼한 놈, 여자친구라도
숨겨놨나 봐?

빨리 나와.
시간 없다.

아냐, 그런 거!

툭 툭

두근
두근

지희구나.

지희가 와준 거야!!

두근

두근

면회실

여기다.

철컥

내가 남들과
다르다는 것을 깨달은 것은
초등학교 4학년 때였다.

쌕

주먹이 보였다.

한 번만 주먹을
섞어보면 훤히 보였다.

누가 가르쳐준 적은 없다.
그냥 처음부터 보였다.

어디로 날아올지,
어디까지 날아올지.

누구나 다 그런 줄 알았다.

…나만 그랬다.

단 한 번의 방심.

그로 인해 모든 것이
바뀌었다.

한쪽 눈 실명은
치명적이야.

권투를 그만둬라.
다 너를 위해서 하는 말이야.

권투 이외의 삶은
생각해본 적도 없는 나다.

공부 따윈 관심도
재능도 없다.

내 인생은
철저히 망가졌다.

바로…

이 새끼 때문에!

살 만하냐?

딸깍

나 학교 그만뒀다.

깜짝

어? 그냥…

미, 미안해.

사과할 필요 없어.

책임만 지면 돼.

...?

!!!!

앞으로 3년간 하루도 거르지 않고 생각하고 또 생각할 거다. 너에게 최대한 큰 고통을 줄 방법을.

석찬아…

덜컹!

명심해. 네가 밥을 먹고 있는 순간에도 난 네 인생을 망가뜨릴 계획을 짜고 있을 거다.

콰앙—!

3년 뒤에 보자.

석찬아! 석찬아!!

쾅

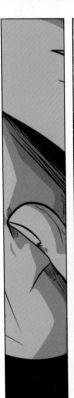

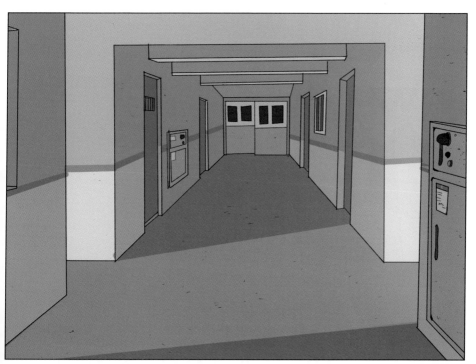

왔냐?

누구디? 여자? 뭐래?
사랑한대? 기다린대?
빨리 말해봐!

차...ㅁ 차였나?
?
...

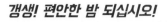

갱생! 편안한 밤 되십시오!

…지금 이 순간에도
배석찬은 날 괴롭힐 생각을
하고 있겠지.

…이 안에도 한 명 더 있고.
아니, 한 명 이상인가?

난 정말 구제불능
병신이구나.

그런데…

배석찬이 눈을 다친 것이,
이원준이 그 사람에게 당한 것이
내 잘못인가?

나를 괴롭히다가
일이 틀어지면 다들
내 탓을 한다.

…정말로 내 잘못이 맞나?

물론 잘못은
아니지.

다만 그 순간 그 자리에 있던
수많은 놈들이 안 그래도 존나게
따분한데 저 샌님이나 가지고
놀아야겠다는 생각을 했을 거란
것만 알아둬.

여기서 살아남으려면
둘 중 하나는 해야 돼.
숙이고 복종하는 법을 배우든가,
아니면 누구에게도 숙이지 않아도
될 만한 힘을 기르든가.

내가…
약해서? 만만해서?
단지 그것 때문에?

꽈아악

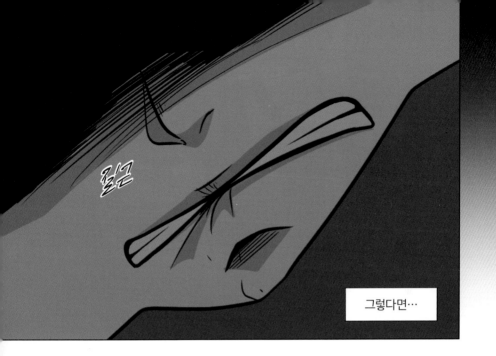

그렇다면…

짝… 짝

웃차.

저기…

싸움을 가르쳐달라고?
내가 너한테?

하하하!

예.
부탁드립니다.

왜?

힘을 길러야
한다면서요.

끄--악

...

뭐, 네 생각이
그렇다면 그렇다 치고.

굳이 '내가'
널 가르쳐야하는
이유는?

구구단을 배우고 싶으면
아인슈타인을 찾아갈 게 아니라
동네 학원부터 알아봐야지.

순서가 틀렸어.

...당신처럼.

?

당신처럼 되고 싶어요.

...뭐?

하하하!

움찔!

1552

아 미안,
비웃을 생각은 없었어.

…그럼 이렇게 하자.

간단한 시합이야.
네가 날 이기면 여길 떠날 때까지
널 지도해주는 걸로 하지.
물론 공짜로.

무리예요…
제가 어떻게.

1552

아, 물론 너하고 나하고
싸우자는 건 아니고.

힐끔

씩

운동 시간이 대충
40분 정도 남았지?
그동안 난 가볍게 몸을
풀 생각이다.

운동장 스물다섯 바퀴.
딱 10,000미터만 뛸 건데
운동 시간이 끝날 때까지 나와
똑같은 거리를 뛰기만 하면
네가 이기는 거야.

단, 절대로
중간에 멈추지 말 것.

그나마 다행이다.
다른 건 다 못해도
오래달리기만은
꽤 잘하는 편이었잖아.

어때? 해볼래?

예! 한번 해볼게요.

그럼 먼저 실례!

스윽.

5바퀴 경과

어느새 다섯 바퀴다.
후우
1552
이런 식으로
스무 번만 더 하면 돼.
그래도 생각보단
잘 뛰는데?
조금만 더 같이
달려볼까?
10바퀴 경과
주륵
열다섯 번만 더!

13바퀴 경과

1552

지금까지 뛴
만큼만 더 뛰면…

슬슬 한계로군.
그래도 뭐 생각보단
잘 뛰었다고 봐야 하나.

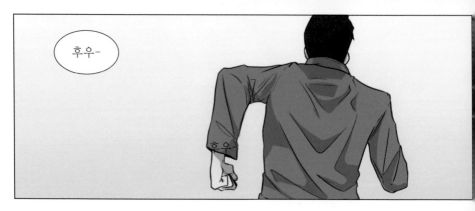

시간…
얼마나 남았지?

심장이
터질 것 같아…!!

32분 경과
정도현 10,000미터 완주

다 틀렸어.

멈춰야 해. 어차피 실패할
도전이라면 당장 멈춰서
쉬는 게 현명한 거야.

아니야!!

?!

어차피 죽을 거라면
지금 이 자리에서 죽어버리자.

앞으로 일곱 바퀴.
무조건 최고 속도로 달린다.
완주하거나…

스퍼트인가.

녀석, 애쓴다.

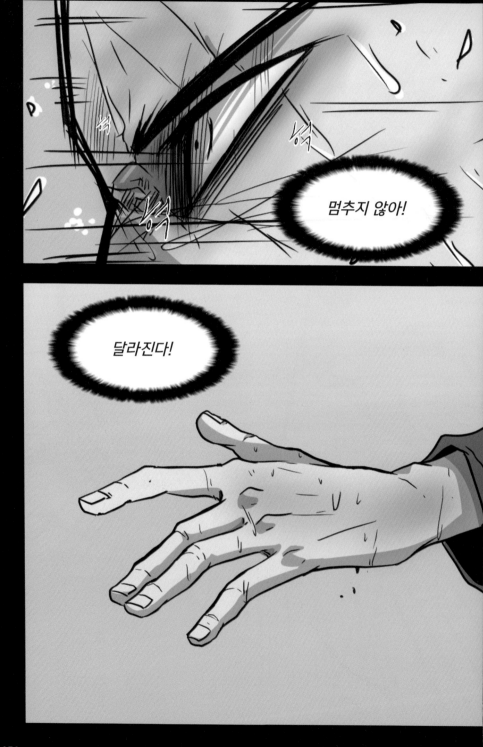

멈추지 않아!

달라진다!

멈추지 않아!!

달라질 거…

우욱…!

못 듣는구나!

달라지는 거야…!!

지… 진짜죠?

약속… 알죠?

…허 참.

내 평생 첫 *탭아웃을
이런 애송이에게 치게 될
줄이야.

*탭아웃(tap out) : 시합 포기. 항복 선언.

급격한 산소 부족에
탈진까지 겹쳐서
잠시 실신한 거예요.

생명에는 지장 없으니
너무 염려하진 마세요.

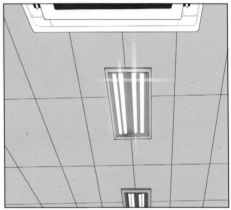

번쩍!

아, 이제
일어나네요.

정신 들어?

나 간호사!
여기 나 좀 도와주지?

예, 선생님!

또라이 자식.

…죄송해요.

다음번에 만날 땐 정말로 죽을 각오를 해야 할 거다.

예??

슉!

…제일 무서운 사람에게마저 찍혀버렸다.

쿠웅

하아…

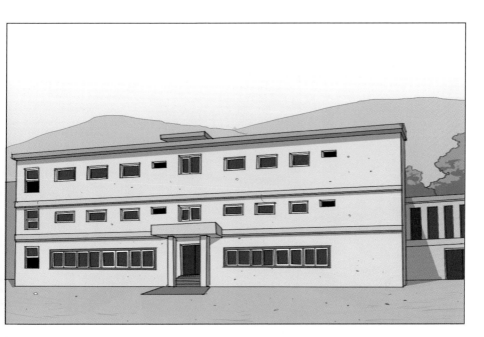

자네가 어쩐 일인가?

먼저 면담 신청을
다 하고 말이야. 허허!

285

필요한 게 있으면
언제든 말하라고 하셨죠?

분명 그랬지.
그래, 원하는 게 뭔가?
내가 해줄 수 있는 일이라면
뭐든…

룸메이트 한 명만
붙여주십시오.

!

룸메이트라니?
방졸을 붙여달란
말인가?

예.
한 가지 약속을
했거든요.

?

가능하겠습니까?

몸은 좀 괜찮냐?

응. 이젠 괜찮아.

어떻게 된 거야,
뜬금없이 의무실이라니.

별일 아니야.

철컹

끼이잉

1552번! 짐 챙겨라.

예?

이감이다. 빨리 준비해.

근무자님. 아시다시피 여긴 대기방인데…

낸들 알 게 뭐야. 위에서 까라니까 까는 거지.

너 또 무슨 잘못을 저지른 거야?

목숨이 열 개라도 되냐?

…나도 몰라.

대체 뭐가 어떻게
돌아가고 있는 거지?

철컥

여기다.

들어가.

철컹

…당신은?!

일단 기초 체력부터
체크해볼까?

예?
그게 무슨…

싸움 가르쳐달라며.

하지만 아까
다음번에 만나면…

아 그거?
걱정 마.

이제 곧
죽고 싶어질 테니까.

??

이건 너무…

허접하잖아!

실룩

허억…

허억…

…다했는데요.

어, 그래.
…31회.

이번엔
윗몸일으키기를 해볼까!
자, 준비!

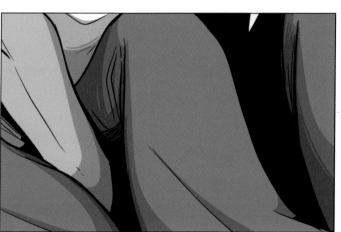

하나!

두울!!

표정을 보면
절대 대충 하는 건
아닌데.

대체 왜.

…왜 벌써
힘들어하는 거지?

저길 잡고
턱걸이를 해봐.

끄익

...

부스

안 되는데요.

저걸 어째.

부,,

어, 그래…
내려와… 0회.

...

저걸…

저 되게 못한 거죠?

응? 아냐.
뭐 그럴 수도 있지.

팔굽혀펴기 31회,
윗몸일으키기 48회,
턱걸이 0회. 이게 현재의 너야.
맞지?

예.

괜찮아.
오늘부터 매일 한계를
부숴나갈 거니까.

팔굽혀펴기 32회,
윗몸일으키기 49회,
턱걸이 1회.
시작!

예?

방금 뭘 들은 거야.
'오늘부터' '매일'
'한계를 부순다'
라고 했잖아.

현재 기록보다
딱 한 개씩만
더 하면 되는 거야.
자, 시작!

1552

조금만 쉬었다가
하면 안 될까요? 방금
힘을 다 빼버려서…

하하…

나는 지금 하라고
지시했어.

안 하겠다는 게 아니라
잠시만 쉬었다가…

그래?
그럼 푹 쉬어.

원래 네 방으로
돌아가서.

예?

까
짝

난 무협소설 속
고수처럼 대공을 나눠줘서
단숨에 널 강하게 만들
능력 따위 없어.

10…

…11…!

부드득

부드득

힘들다.
…어깨가 너무 아파.

부르르

힘들 거다.
당연히 힘들 거다.

네가 원하는 만큼
강해지지 않았을 때
느낄 괴로움보다

지금의 통증이 더
견디기 힘들다고 판단되면
언제든 그만둬.

철푸덕

그게 아니라면
일어나서 마저 해라.
팔굽혀펴기 32개 한다고
팔이 부러지진 않아.

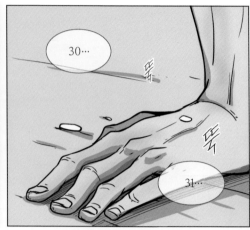

30…

뚝

뚝

31…

…32!!

헉헉

헉헉

쿵

자, 이번엔 윗몸 일으키기다. 준비!

헉헉

헉헉

예.

팔굽혀펴기를 하면서 복부를 좀 쉰 덕인가?

하아

하아

하아

하아

이번엔 그나마 할 만하다.

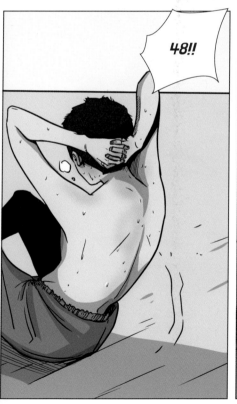

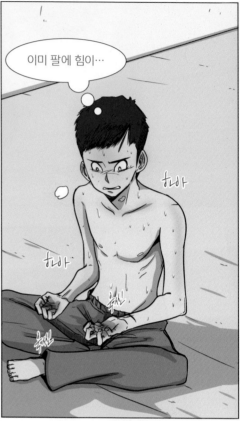

이미 팔에 힘이…

팔에 힘이 다
빠졌는데 어쩌지? 라고
생각하고 있겠지.

!!

걱정 마라.
물론 팔근육의 도움도
필요하지만 턱걸이의 핵심은
등 근육이니까.

등에 집중해.

...핵심은 등. 등에 힘을 주라는 말인가?

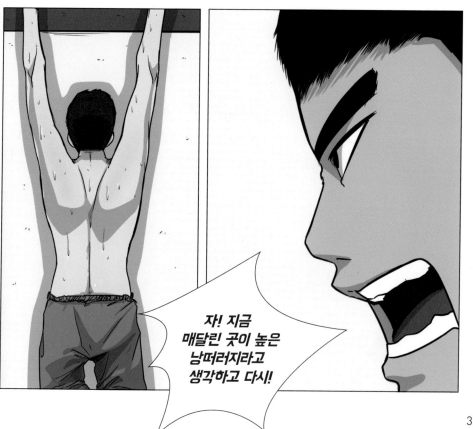

자! 지금 매달린 곳이 높은 낭떠러지라고 생각하고 다시!

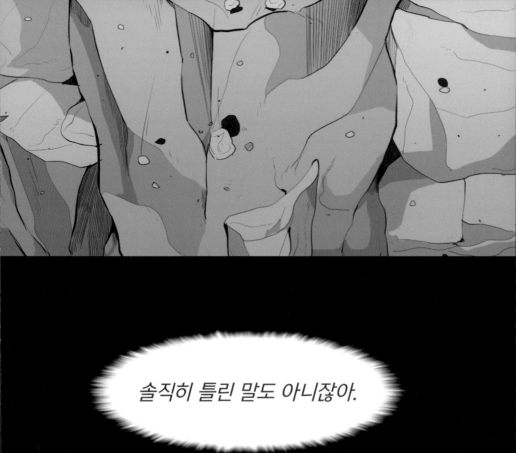

솔직히 틀린 말도 아니잖아.

2권에서 계속

샤크 1

초판 1쇄 발행 2019년 5월 10일
초판 2쇄 발행 2021년 1월 20일

지은이 운 김우섭
펴낸이 김문식 최민석
기획편집 이수민 박예나 김소정 윤예솔 박연희
마케팅 임승규
디자인 손현주 배현정
편집디자인 김대환
제작 제이오

펴낸곳 (주)해피북스투유
출판등록 2016년 12월 12일 제2016-000343호
주소 서울시 성북구 종암로 63, 4층 402호 (종암동)
전화 02)336-1203
팩스 02)336-1209